KB188242

흔적

김성조 시선집

도서출판 청어

흔적

김성조 시선집

발 행 처 · 도서출판 **청어**
발 행 인 · 이영철
영　 업 · 이동호
홍　 보 · 천성래
기　 획 · 남기환
편　 집 · 방세화
디 자 인 · 이수빈 | 김영은
제작이사 · 공병한
인　 쇄 · 두리터

등　 록 · 1999년 5월 3일
(제1999-000063호)

1판 1쇄 발행 · 2020년 1월 30일

주소 · 서울특별시 서초구 남부순환로 364길 8-15 동일빌딩 2층
대표전화 · 02-586-0477
팩시밀리 · 0303-0942-0478

홈페이지 · www.chungeobook.com
E-mail · ppi20@hanmail.net
ISBN · 979-11-5860-728-9(03810)

이 도서의 국립중앙도서관 출판시도서목록(CIP)은 서지정보유통지원시스템 홈페이지(http://seoji.nl.go.kr)와 국가자료공동목록시스템(http://www.nl.go.kr/kolisnet)에서 이용하실 수 있습니다.(CIP제어번호: CIP2019052515)

흔적

김성조 시선집

시인의 말

매번 시집을 낼 때마다 다음 시집은
4, 5년 간격을 두고 내야겠다는 다짐을 하곤 했다.
그러나 매번 지켜지지 않았다.
걸음이 느린 탓이다.

시선집의 출간은 지난 시작詩作의 발자취를 돌아보고
나를 확인하는 자리인 만큼 보다 무겁게 다가온다.

천천히 걸어가기로 한다.
성급하지 않게, 부산하지 않게
나만의 보폭으로 길을 만들어가기로 한다.

2020년 1월
김성조

차례

2부 새들은 길을 버리고 (2001)

1. 불의 환

2. 꽃잎 속으로 걸어가다

3부 영웅을 기다리며 (2013)

1. 그 여자를 흐르는 빛

2. 영웅을 기다리며

1부

그늘이 깊어야
향기도 그윽하다
(1995)

1. 나비의 초상

뜰을 하나 가지고 싶다

섬을 다시 꿈꾸기 1

섬을 다시 꿈꾸기 2

섬을 다시 꿈꾸기 4

섬을 다시 꿈꾸기 5

바람남자

나비의 초상 2

나비의 초상 3

나비의 초상 4

나비의 초상 5

첫눈, 당신이었군요

그늘지고 산다한들

다시 새벽을 기다리며

목련 가는 날

돌아오는 길

뜰을 하나 가지고 싶다

뜰을 하나 가지고 싶다
앵두꽃 향을 사르는 햇살 속
참새 두어 마리 꽃잎 쪼다 가는
뻐꾸기 해울음 따라 걸어도 좋을

구름 산 헤쳐 올 벗 두지 않겠다
빈 식탁 촛불 밝혀 차 따르지 않겠다

기다릴 이 없으니
해 길지 않다
골골이 바람 일어
흔들리는 산

뻐꾸기 한낮을 울다 가면
온종일 혼자인 뜰

섬을 다시 꿈꾸기 1
–설雪에게

1.
내 가진 몇 안 되는 짐을 꾸리고
눈시울 붉게 일어서는 하늘을 보네
열린 하늘 나뭇가지 사이 허릿매 고운 산자락은
옆구리 사록사록 불 안개를 풀어 내리네
살 깊은 강 그리움 펴 올리고 있네
들어보게, 저 오래 달구어져 뜨거운 가슴 물보라를
다시 잠재우는 가쁜 숨 발자국소리를
여름 한 철 내 어깨 감싸주던 포도 이파리들은
바람 손에 겨드랑이를 할퀴어
발밑 소란히 휘파람 불고 있네
떠나야겠네, 이제
물길 험한 다리목을 지나
날 기다려 겨울 속 오래 흰옷 펄럭이는 바다
아직 깎이지 않은 먼 풀잎섬을 찾아

2.
어젯밤엔 설에게 줄 32행 시를 다 거두었네
그대를 놓아줌으로 풀려난다는 것 깨달았네
잊을 수야 있겠는가 풀이파리
개울가 작은 돌멩이 하나에도

내 젖은 눈 무시로 스쳤느니
바라건대, 부끄러운 내 발자국은
저 공동묘지의 오랜 영혼들처럼
땅속 깊이깊이 잠들어버리기를
누구의 작은 거울 속에서도 살아나
파닥이지 않기를…… 바라네

섬을 다시 꿈꾸기 2
—백구에게

가버려
넌 이제 자유야
더 이상 묶어둘 끈은 없어
몰랐을 테지만, 넌 처음부터 자유였어
완전한 자유가 네겐 슬픔일지 몰라

우린 때로 아주 낯설게 부딪치곤 했지 딴 생각하다 들킨 것처럼 뜨끔해서 말이야 서로 어색해 눈길 슬슬 피하기도 했어 가령, 내가 마당가에 서서 저물어오는 구름하늘 우두커니 볼 때라든가 몇 날을 꿈속 헤매다 깨어났을 때, 네가 아랫마을로 마실 갔다 올 때, 먹일 찾아 여기저기 기웃거릴 때(이때 넌 날 보자 몹시 부끄러운 것 같았어)

넌 날 가장 많이 아는 최초의 녀석이야 내가 바흐를 좋아한다든가 한 여자를 짝사랑하는 것, 사철 감기에 걸리며 하모니카를 곧잘 분다는 것, 나뭇가지에 걸린 달을 지칠 때까지 바라보는 것, 이른 아침 공동묘지 사일 어슬렁어슬렁 산책하는 것, 수염을 잘 깎지 않는 것 등 넌 알면서도 모른 척 덩달아 어슬렁거려 주었어 늦은 밤 시를 쓰는 것도 서서히 지겨워져 방울방울 내 실핏줄 소주로 물들일 때, 강둑 무너질 때도 넌 날 지켜주었어 날 내버려둬 주었어

>

자, 이제 헤어지자구 내 일 년 간의 바람기에 대해 넌 두고두고 모른 척 해줄 거야 그것은 먼지와 함께 오래 잠들었다가 조금씩 바람에 불려 어느 날엔가 꼬리도 없이 사라질 테지 가끔 마을로 밤마실 가는 것을 빼곤 넌 꽤 괜찮은 녀석이었어 가버려 넌 이제 자유야

섬을 다시 꿈꾸기 4
–순례자의 편지

이런 말 들어본 적 있나 아니, 이해하겠나 길가다 불쑥 낯선 누구와 신발 바꿔 신고 싶은 충동 말일세 듣느니 처음이라고? 웃지 말게 난 심각하네 내 일생 심각하지 않는 적 있었던가 웃음마저 조금씩 아껴가며 웃었네 자네도 알잖은가 창틀 묵은 먼지처럼 오래 잠들었던 내 겨울을 말일세

바다는 길 끝에 있을 걸세 입은 옷 그대로 짐 부려놓으려네 날 심어줄 노트 하나쯤 필요할까 아니 무슨 소용이겠나 바다 그 깊은 물살에 갇혀 영영 돌아 나오지 못할지도 모르는데 낙담 말게 우리 모두 길 끝에 서있지 않나 끝이란 있고도 없네

그 노인은 육교 위에서 점을 치고 있었네 저녁햇살 등지고 오랜 문풍지처럼 조금씩 조금씩 바람에 바래어가며 사주 · 관상 · 궁합 나는 실소했네 그가 무엇을 알 것인가 내 가슴 속 깊은 계곡을 대체 짐작이나 할 것인가 하지만 그런 날 노인은 단칼에 베어 버렸네 자네 눈엔 불이 있어 꺼지지 않는 불줄기가 있다구 밤낮으로 타올라 결국 죽고 말지 물을 찾아가게 몸을 식혀야 해

어스름 골목 포장집 소주를 마시며 노인은 허허 웃고 나는 조금 울었네 살아온 날의 무게가 날 목메게 하더군 길속에 갇혀 길

잃었던 많은 날들 노인은 불쑥 말했네 자네 나와 신발 바꿔 신지
않겠나 내 신발도 자네 못잖을 걸세

섬을 다시 꿈꾸기 5

내 섬을 꿈꾸는 건
내 안에 그 여자가 살아있기 때문이다
그 여자가 품고 있던 새
작은 새 한 마리 놓아기르기 위해서이다
수천 벼랑을 헤매며
새에 미쳐 새를 죽이던
바닷새였을까, 갯내음 푸르른 소리를 달고
포도원 낡은 목책 위로 흐르던 새는
우우 귓불 시린 늦가을 떡갈나무 사이
머리칼 흩날려 몸 벼리는 억새처럼 투명한
낟알로 떠다니던 여자
모래알 헤아리듯 그림을 그렸다 걸어온 길
막막히 햇살에 씻겨
등불 뵈지 않는다 울먹이며
동그라미 안에선 숨이 가빠
더 먼 하늘을 꿈꾸었는지 몰라
그 겨울의 끝에서 훌쩍 담장을 열고
여자는 떠났지만 난 이제 조금 알 것 같다, 그 여자
왜 새를 그리고 있었는지
더듬어 걸어온 길 되돌아가고
난 다시 섬을 꿈꾸지만
그건 또 다른 동그라미일지 몰라
따뜻한 불빛 하나 켠다한들

바람남자

바람일지 몰라
잠속 깊은 뿌리까지 찾아와
날 흔들고 가는 파도
그 남자는

햇살 밝은 날에도 비를 품고 있어
어깨에 구름 몇 장 달고 다니는
몰라, 바람일지
마주 앉으면 파아란 스웨터
날 적셔 조금씩 가라앉게 한다
출렁이는 머리, 타오르는 입술
웃음 끝 갈매기 몇 마리 날려 보내고도
사람사람 어깨 너머로
바다를 볼 줄 아는

남자를 듣는다, 혼자 있을 때
껴안는다

가까이 있어도 먼 남자
멀리 있어도 늘 가까운 남자

나비의 초상 2

아무도 날 위해 실종신고를 하지 않았다
유리관 속 부신 날개에 눈길 쏟으며
스쳐스쳐 내 부재를 묻어두려 했다
쌓이는 꿈 흔들리는 숨소리조차
몰랐다 모르는 척했다

모래 눈 이마 가리듯
어둠 속 달그림자 꼬리를 묻었다
흐르는 꽃송이들 잠들지 않아
별빛 차가워도 이슬 내리지 않았다

겨울 없으니 봄 없다고
들불 타올랐다

나비의 초상 3

나는 바람이 되고 싶어
바람살 속으로 걸어 들어간다
그 향기 속에 나를 뉘어
꽃가루분 희디희게 옷을 벗는다
나누어 숨을 마시고
불꽃 입맞춤으로 강가에 이르면
알몸 부신 하늘
오랜 돌문이 길을 연다
다시 꽃으로 살아나는 몸
알을 낳고 있는 내 머리 위로
깃날 푸른 빛살 하나 떨어진다

나비의 초상 4

보셨나요 눈부신 날개
햇살 밝은 날에도 고개 들지 않아
나뭇잎 속 깊은 숨결 바람으로나 스치는
꽃바람에 젖어젖어 햇살 속 누비며
산과 들 구름 길목 발목 묶이면서도
아무에게 펼쳐 보인 적 없는

내 눈은 언제나 한 곳에만 머물러
타는 듯 타는 듯 눈물납니다
아침이슬 젖은 머리 마를 새 없이 풀잎들
앞 다퉈 향기론 입술 내밀지만
돌아보지 않아요 웃음 뿌리지 않아요

그대, 내 눈 속 반짝이는 깃날 하나 못보셨나요
하얀 속살 떨림
이 불꽃

나비의 초상 5

보인다, 내 가슴 푸르른 그물맥을 짚어가면
손끝 떨며 하얗게
낮등 하나 걸고 있는 여자
신열 올라 숨 가쁜 물길
창가 반짝이는 햇살 속 머리 기대
오랜 북소리에 귀 기울이고 있는

바람에 귀를 연다, 자갈밭 맨살 비벼
알 깨고 나온 풀이파리들
장다리밭 하얀 꽃길 하늘 열어간다
초록 봄바다 타오르는 빛
울음 삼켜 피워낸 꽃송이 속
볕살 서러운 얼굴 하나 살아있다

보인다, 내 가슴 푸르른 그물맥을 짚어가면
하얀 머릿수건 배추밭 매고 있는 여자
저문 들녘 해 그림자 밟으며
돌아와 저녁연기 태우는
치마폭에 별빛 받아
밤이슬 선뜻 강물 하나 풀어놓는

첫눈, 당신이었군요

당신이었군요 나뭇가지 맨살 스치듯
차가운 가슴 별빛 받으며
어둔 밤길 열어오는 이, 당신이었군요
젖은 손 바람 재우듯
지친 옷깃 들꽃 향 뿌리며
내 오랜 불빛 창 찾아오는 이

진흙길 돌아와도
옷 버리지 않았군요
청솔 매운 산길 넘어
타는 연기 얼음 불씨 태우다
칼바위 딛고 온 희디흰 이마

들바람 햇살 지나
시린 겨울
물결 어깨로 오는
강물 그윽한 달빛
당신이었군요

그늘지고 산다한들

산 노을이 저랬을까
매 맞고 내쫓긴 아이의 서러운 눈빛
바람 끝 하나에도 가슴 베일 듯
깊은 산 깊은 울음 운다

풀숲에 가려 보이지 않는 별
그대 먼빛으로 나를 열어
숨결 가냘피 꽃으로 누이지만
필 가지가 없구나, 이 그리움
소리에 귀 멀어
그대 온전히 안을 수 없구나

제비꽃 영혼 길 밝히는
어스름 산자락엔 푸르른 바람가지
불빛 하나 걸렸다

그늘지고 산다한들
그 속살까지 그늘지고 산다한들
빛 없는 소리일 수 있으랴
흔들려 저 길 끝까지 갈 수 있다면
만남이 이별인 듯 그리 살겠다

다시 새벽을 기다리며

보세요 낮 내내 강물 가로지르던
울림을 지나
우리 희디흰 밤 밟고 간다 해도
새벽별은 창문마다 풀 이슬 뿌려 놓습니다
나뭇가지에 지느러미 하나씩 매달아 놓습니다
그대 돌아눕지 마세요
강 노을에 옷깃 붙들리며 돌아오던
그 겨울의 절망은 기억하지 마세요
할퀴던 독한 바람 잠들었으니
베갯머리 젖은 눈은
입춘 처마 끝에 묻어두세요
마른꽃대 사이사이
보세요 실뿌리 내린 질긴 숨을
몸속 잎눈 그 깊은 겨울잠의 의미를
다시 새벽 열리는 소리
울음 저 눈부신 미명未明의 날갯짓소리를
그대 귀 기울여 보세요

목련 가는 날

눈부신 깨달음이다
척박한 이 땅 소리소리
달려와 하늘 열어놓는 뒤
이제 햇살 속 잠시 다리쉼한다
목 축여 일어서는 그대
저무는 오솔길
걸어온 길 돌아갈 때를 아느니
뒷모습 쓸쓸하지 않구나
잘 가시라 그대
터 잡아 불을 당긴 꽃송이들 사이
푸르른 바람소리에 옷깃 스치며

돌아오는 길

지칠 만큼 울음 쏟고서야 비가 그친다
갠 하늘엔 몇 점 구름
어디로 갈까, 갈까
은사시나무 가지에 내려앉는다

소년은 건너야할 강이 많아
개울가에 앉아 돌을 던지고 있다
물장난을 하다 멱을 감다,
불볕에 그을린 등을 말린다

나뭇잎 하나 따서 물 위에 띄운다
물살에 휩쓸려 맴을 돌다
저만큼 멀어지는 나뭇잎
소년은 눈을 반짝이며 나뭇잎을 따라가다
그만 중간쯤에서 길을 잃고 만다

개울은 아무 일 없다는 듯
다시 무심無心으로 돌아가고
소년은 개울가에 앉아 돌을 던지고 있다

돌아오는 길을 몰라 앞만 보고 간다
풀뿌리들은 저마다 물길 찾아 떠나고
남은 돌멩이들만 어둠에 젖고 있다

2. 죽어서도 숯불로 살으리

나무나무 2

죽어서도 숯불로 살으리
살 끝 에이는 바람언덕
낮은 지붕 저녁연기 태우며
가시넝쿨 돌산 오르는 저 나무나무들
봄이 와도 살 속 고드름 풀리지 않아
개나리울타리 젖은 옷 널어놓고
풀포기 뜯으며, 뜯으며 바람별 태우고 있는

아침은 늘 비구름 뒤에야 왔다
지친 눈 뜨기 전 잠시 비 뿌리다 가는 햇살
더불어 산다지만 저 햇살 속
등짐 허리 휘게 지고 가는 미역장수 대신
누가 짐져줄 것인가 이 봄날에
한나절 햇살로도 태울 수 없는 속살
불붙지 않는 속살 그 여린 줄기로
산길이든 들길이든 자갈길이든
제 나름의 길을 열어 강 건널 뿐

등 붙여 다리 쉬지 못한 구름처마 밑
일생을 모퉁이로만 돌고 돌아
무딘 손마디 목울대로

징검다리 살얼음 부수며 가는
골짜기 깊은 억새바람 삭이는
눈발 세찬 언덕 저 나무나무들

나무나무 3

기다려줄 한 사람 있을 것 같아
기다려야할 한 사람 있을 것 같아
돌아눕지 못한다 머리 누이지 못한다
산자락 허리 붉게 물들어도
꿈길 부연 옷자락 사이
바람 쉬 잠들지 못한다

풀잎들 수런수런 밤이슬 밟는 소리
물길 편한 달빛 속
살바람에 쓸린 돌멩이 몇 개
알몸 그림자를 지우고 있다
둥글게 어깨 안으면 어딘들 못 가랴만
다리 아프구나, 절면서 오르는 언덕
초록 손마디 시리게 꽃물 들어도
잘 가라 말 건네는 손짓 하나 없다

깨어나 잠 속에서도 문득문득 깨어나
우리 스쳐 지난 귀 익은 빗소릴 듣는다
첫 기차 스쳐가는 간이역 불빛마다
이마 서늘히 묻히는 바다기슭

>

등 돌리지 못한다, 산세 궂은 계곡을 지나
돌아들 수 없는 바람그늘
초여름나무 같은
문득 한 사람 만날 것 같아

나무나무 4

1.
내 너에게 가까이 가려함은
빛 부신 옷자락에 머리 기대어
풀잎 물무늬로 비탈길 오르려는 것 아니다
흐르는 냇물로 머리 감아 빗고
햇살마중 가려는 것 아니다
산 이슬 털며털며 오른 등성이
외따로 핀 들꽃으로 이마 수그려
강 저편 청무 밭머리
살 풀리지 않아 오래 잠들지 못한 돌멩이처럼
맑게, 더 깊이 외로워하기 위함이다
가랑잎 무게로 강물 위에 쓸려쓸려
눈물 하나 지고 가는 별빛
새벽바다 청청 물 끼얹는 소리 듣기 위함이다
어스름 골목 선채로 길 나선다 해도
불 밝혀 가슴 적실 이 없는 내 이웃을 위해
그들 메마른 잠자리와 소리 슬픈 눈빛을 위해

2.
돌아오는 길은 몰라도 좋았다
만날수록 맘 멀어지는 사람들과

찻집에서 거리에서 때론 고기를 굽고 소주를 마시며
바랜 달빛 등이 쓸쓸해
이제 그만 돌아서기로 한다, 돌아서기로 한다면서
등 돌리지 못하는 내 무딘 발걸음
오늘밤은 그냥 비워둬야겠다
골목바람 한 점에 가슴 베이며
결국 울음 쏟지 못하는, 울음 쏟지 못하는
더 큰 벼랑 끝에 날 세워두기 위해

나무나무 7
–흐린 날의 일기

1.
누가 등을 미는가 숨이 차다
별자리 소란한 봄꿈을 털고
일어나 눈발 막막한 언덕 위 나를 세우면
거기, 아직 잠깨지 않은 구름 구릉 너머
다리 아파 쪼그린 새 한 마리 보인다
사금파리 날 세운 오지의 하늘궁
몇 개의 돌산을 지나
지평 저 너머 갈 길은 멀다
산은 옆구리마다 물안갤 피워 올려
걸음걸음 강물지게 한다 흔들려
갈대 시린 몸살 나게 한다

2.
밤 내내 풀잎 끝에 찬이슬 뿌리던 바람
알몸 시린 들창가 몸 부려 일어날 줄 모른다
귀 기울여, 솜털 하나하나로 귀 기울여보면
벌써 잎 피운 들꽃들 어디론가 물줄길 찾아 떠나고
봄을 떨며 옷 입지 못한 나무들만
으스스 새벽강을 기다리고 서 있다
숨죽여 가슴 설렐 무엇 있어

별들은 바다하늘 깜박깜박 몸 던져 죽는가
하루살이 하루 동안 타는 불꿈처럼

3.
한 사흘쯤 비 내리면
가문 처마 축대 위에 강물 불어나
눈 뜨지 않아도 물길 환히 열릴까
갈매기섬 옷자락 그댈 볼 수 있을까
젖은 옷 그대로 강물 따라 흘러가면
어스름 골목 흰 달 되어 내리면
볼 붉은 꽃송이 눈에 선히 잡힐까
그대 향기 물들일 수 있을까

가슴에 자라는 나무

내 여윈 가슴별 어디쯤엔가
눈빛 푸른 나무 하나 자라고 있네
밤눈 내려 숨죽이는 들녘
어둔 창 길눈을 밝혀 들풀들
기침소리 깊이 뿌리 내리듯
살빛 맑은 혼불 자라고 있네

키만큼만 자라는 나무
층층 돌다리는 몇 고개일까
마음 동여 뱃길 나서면
누군가 버리고 간 작은 섬
바닷물에 씻겨 소금달로 떠오르네

내 여윈 가슴별 어디쯤엔가
눈빛 푸른 나무 하나 자라고 있네
목말라도 잡풀어귀 발 뻗지 않는
눈물 파란 갈대

그대 흔들리는 꿈속

눈물로 일어서네
물풀 머리칼 풀어헤치듯
강물 하나 온몸으로 일어서네
갈대들 시린 발끝 태우며
어서 오라, 어서 오라 울음을 열어놓네

산 그림자 목 움츠리기 바쁘게 길 떠나는 철새들
거친 들판 툭툭 불꽃 떨어뜨리며
한바탕 마당놀이 춤사위 벌이네

잊지 말게 그대 춤이 끝날 때쯤 나는
물이 되어 흐를 것이네
그대 흔들리는 꿈속
한 줌 바람으로 떠돌 것이네

약수터 가는 길

거뭇거뭇 흙발 세우는 채마밭을 지나면
시린 눈 산 개울 옆 양옥 두어 채
언덕바지 오랑캐꽃 친구인 듯 반갑다
가문 단비에 마른 등줄기 적셔
수런수런 잎눈 틔우는 나무들
잘 지냈는가 떡갈나무
어깨 툭툭 치며 여기저기 기웃댄다
난 잠귀가 어둔 편이야
가랑잎에 발등 묻은 은행나무는
풀 바람에 졸린 눈을 씻어 내린다

진달래꽃 망울 터뜨려 산빛 환한 오솔길
사내 서넛 이끼 돌에 앉아 깡소주를 마신다
오르막 있으면 내리막도 있는 법이라구
아이들 다람쥐 좇아 바람 헤쳐 달려가면
어지러워, 어지러워 봄 햇살
덩굴 풀에 머릴 풀고 눕는다
한 풀 한 풀 올라선 고갯마루
건너편 산등성이 햇살이 희다

봄에 관하여 1
−휘파람으로 흐르는 강물

휘파람 불어보아, 가면 오지 않는 것들을 위하여
비 그친 어스름 골목길을 돌아
발 빠른 바람 사이 소리 맑게 흘러간
오래 바라보아도 손닿을 수 없는
그대 눈빛 서늘한 뒷모습을 위하여

휘파람 불어보아, 다시 만날 수 없는 것들을 위하여
누군가를 새기듯 그리워하듯 휘파람 불면
넌 어느 별에서 온 바람이냐
강물 거슬러 반짝이네

뒤돌아보지 마라, 해울림 없는 날에는
추워 추워 으스러지게 모로 눕는 갈나무
냉가슴 바수어 꽃불 태우는
풀잎들 아, 살 바스러지는 울음

휘파람 불어 보아, 하나쯤 묻어둔 이야기를 위해
꿈은 길어 봄밤은 짧아 보이지 않는 그대
흐르는, 흐르는 강물은 언제쯤 바다에?

봄에 관하여 2
—편지

길 멀면 마음 멀다고
넌 아니, 가을숲길 소문 없이 자라는 꽃들
그 흔들리는 이마 잃어버린 소리를
햇살 눈부셔 잠들지 못하고
빈손으로도 꿈꾸지 못해 돌아눕는 갈나무
산새들 눈빛 서러운 이야기들을

소란한 강 뱃머리에 앉아
저물어가는 강마을을 바라보면
넌 아니, 우리 떠난 자리마다 강물 불어나
거슬러 거슬러 내 사는 마을까지 몰려와서는
문 닫아 걸어도 우르르 살 적시는 이 저녁을

장꾼들 노랫가락 해동갑하나,
해지고 나면
넌 아니, 달빛 밝아 잠 못 드는 밤
댓잎 소란한 바람 끝 문풍지 귀 시린 겨울을
서리 걷히면 햇살 더 두텁다든가
논둑 실바람 꽃길 밝혀 신행 떠나고
흙발 아린 봄날 오후엔
긴 머리 걷어 올려 묶은 창을 닦는다

>

꼭 한 번 맑은 눈으로 죽고 싶은 날
문득 날아와 꽂히는 빛살
뭐, 얼음이 다 풀렸다고?

봄에 관하여 4
–햇살

저 여자 좀 보아, 머릴 풀고 나왔네
빨래터 여울목 방망이질하다
파도치는 엉덩이로 물동이 이고 가네
어디서 불이 난 게야
가슴 데인 산자락
아랫마을 잔치마당 막걸리 한 잔에
봉숭아꽃물 든 볼때기, 저 여자 좀 보아
봄빛 뜯는 아이들
간지럼 태우다,
하늘하늘 치맛자락
돌배나무 꽃봉 트는
너럭바위에 앉았네 누웠네
옷깃 풀어헤쳐 다리쉼하는,
풀피리 장단에 어깨춤 추는
'오, 할매여 잊지마오' 다복솔밭 노랫소리
밤새 매 맞고
날 새면 한 대 더 맞을 놈
우물가 아낙들 손가락질하는
외항선 타다 미쳐서 돌아온 방앗간집 맏손주
그 맏손주 배꽃 볼 쓰다듬는 저 여자 손등 좀 보아
오장 끊어낼 눈꼬리 좀 보아

장다리꽃 꺾어 안고 손짓하는
방금 터질 듯한 가슴
저 여자 분결같은 속살 좀 보아

허사비노래 1

길 나서고 싶네 눈 오는 밤에는
부끄런 발자국 눈 이불 속 다 묻어버리고
고단한 이웃들 숨소리 잦아들면
길 나서고 싶네 낯선 섬 하나 찾으러
자박자박 살얼음 논길
농부들 태우다 둔 짚단 밟으며
가려네 웅크린 불씨 일깨워
파도 길길이 산을 넘는 겨울바다에
늦가을 추워 추워 바삐 길 떠난
냇물 강물 한데 어울려
살 깎아 내리는
지친 모래알 식은 등 돌리고 있는

돌아보지 않겠네 귀 막아 버리겠네
밤눈 어두워 길 나서지 못했던 많은 날들
그 퍼런 불면의 다리 위로 눈가루 뿌리며
가려네 아직 처녀인 바다
키만 한 섬 하나 찾으러
물빛 환한 언덕 위엔 갈대들 낮 내내
노래하겠네 노래하겠네
홀로 울음 터뜨려 꽃 피우겠네

해 기울어도 바람 잠들어도 물길 깊어
아무도 가까이 갈 수 없는 섬
갈숲 머리 위 초승달 지면
불 밝히겠네, 꽃 한 사람 그리워하겠네

허사비노래 2
–고가古家

언제 그 바람 지나갔을까
옆구리 헤집던 칼바람 마디마디 굳은 살 남겨놓고
젊어 향기 푸르던 날 다 어디 갔을까
굽은 허리 발끝 세워보지만
더 이상 키 크지 않는다 날이 서지 않는다
풀뿌리처럼 엉겨 붙어
맨살로도 등 따숩던 새끼들 다 떠나고
이끼 푸른 뜰 안 바람받이 되어
달빛에 제 그림자 밟고 서 있다
보릿고개 긴긴 봄날 처마 끝
풋 햇살에도 목이 타던 어머니, 그 가시바람
빛 푸른 장독대 앵두꽃불로 피어났지
층층시하 버선코에 새벽별로 떠올랐지

참새 두어 마리 볕살 쪼는 오후
드난살던 개망초꽃 물빛 살림을 차렸다
뉘라서 손끝 시리지 않게 키웠다더냐
제 잘났다 소리하는 새끼들 돌아오지 않고
거미줄 아궁이에 돌구들은 내려앉는다
기둥 삭아 벌집 되고 흙벽마다 뱀들
붉은 혀 날름거린다

대대로 솟을 대문 지키던 오동나무
눈빛 흐린 우물 속 고개 길게 내밀고
나이테 굵은 주름살 빗질하고 있다

허사비노래 3

이제 남은 건 빈 들녘 바람소리뿐이다
그대 어서 떠날 채비를 하라
나뭇잎 채 지기도 전 마을사람들은
과일 한 아름씩 안고 돌아가 마당 끝에 서서
햇살 잘라먹는 날선 바람 손을 바라보다
울타리를 친다 서둘러 불을 지핀다

그대 이제 떠날 채비를 하라
여름내 땅을 울리던 거친 발자국소리
다시 들리지 않는다 따라오지 않는다
늦서리에 흠씬 옷자락 적신 나뭇잎은
다가올 겨울 한 철을 잠들었다

이제 새는 기다리지 않아도 좋아
감나무 허공가지 빈 새둥지는 잊어버려도 좋아
벌써 어두워진 골목길을 걸어 돌아가라
첫눈 오는 밤 늦은 저녁밥 먹으며
처마 끝 홀로 불 밝히라
바람벽 머리 누이고 겨울잠 들어
그대 다시 태어날 불꽃바다
꿈길 환한 봄 바다를 기다리라

겨울풍화

바라다보면 벗은 나뭇가지 사이
살바람에 허리 묶인 아파트 군단
어디론가 달려갈 듯 성급히 일어섰지만
오라, 오라는 곳 하나 없구나
날개가 돋길 기다리는 걸까, 수풀 속
툭툭 실핏줄 터뜨리는 꽃송이처럼
푸르디푸른 하늘
쓸쓸한 바람 하나 품으려는 것일까
이미 시들어버린 물관 속 둥지를 튼 사람들
강남이라지만 저 거친 겨울 속
어느 나뭇결에 봄 빛살 내릴까
사람들은 묵묵히 안개 길을 헤치며
엉켰다, 풀렸다 제 차량에 매달려가고
하루나 이틀쯤 묵어갈까 먹구름은
주름지어 강으로 내려온다
키 큰 사람이 슬퍼 보인다고
저 강물 속 고개 빠뜨리고 선 아파트들은
피돌기가 멈춘 우리네 손끝 그 눈시려움일까
내 눈 높이에서 보면
나뭇가지는 늘 아파트보다 높은 키로
하늘에 닿아있다

내게 한 가닥 그리움 남아있다면

내게 한 가닥 그리움 남아 있다면
그것은 햇살이리라
살붙이 등대고 누운 낮은 골짜기
나무들 실뿌리 내리듯 살 적셔오는
차창 가 서러운 빛살

강물 따라 흐르던 냇물은 돌아오지 않았다
머리 뉘어 바다 깊은 곳에 해를 심었다

그런 사랑 있었지 아마
어머니 손 푸르게 쓸어놓은 마당가
고추잠자리 하늘 그리는 장독대에 앉아
창호지 부신 문살
코스모스꽃잎 따 붙이던

물기 다 걷어내고
빈 몸 바람으로 날아
앉을 듯 앉을 듯 날아가는 민들레꽃씨

내게 한 가닥 그리움 남아있다면
그것은 바람이리라

해가 떠도 잠들지 않는 파도
바다를 품고 사는
먼 새벽별

2부

새들은 길을 버리고
(2001)

1. 불의 환

불의 환幻 1

불의 환幻 2

불의 환幻 3

불의 환幻 4

유배지에서

목련, 억년億年 별밤을 걸어

패랭이꽃 1

패랭이꽃 2

순례자의 봄

순례자의 가을

파꽃

분재

이브를 위하여

가을을 지나며

달팽이집

불의 환幻 1
—바람 속으로 걸어가다

나는 한 올 풀잎
오늘도 바람 앞에 선다
바람 속에 나를 놓아
부대낄수록 뜨거워지는 피
바람 앞질러 바람이 되어 버린다

나보다 먼저 나를 알아
등짝 후려치는
날 사르고 또 피어나게 할
살 끝 가지가지 가시 풀바람

돌을 안고 개울 건너는 꿈자리 푸르다
어머니 청수 물 달 지고 뜨고
감기 끝 그리움 병 도지듯
실버들 푸른 핏줄 햇살 돋아나
돌아보지 않아도 부끄러운 4월
꽃으로 피어도 좋을
흙으로 누워 있어도 좋을
아, 이리 눈부신 첩첩 불꽃 길

불의 환幻 2
–전생 푸른 빛으로

새벽 골목길 미친년 하나 지나갑니다
머리 총총 별빛을 달고
오라는 곳 없는 돌길 꿈을 딛고 갑니다
빈 가슴, 보퉁이 속 파도소리에 얼굴을 묻고
오래 전 자장가 소리
풀잎들 또 다른 풀잎에 머리 기대듯
마음 누일 하늘 그리워 새벽길을 갑니다

땡그랑 동전 한 닢 열리는 하늘
팔매질 아이들 다 돌아간 뒤
길을 놓고 길을 헤매는 불빛도 잠시
찬 이슬 어둔 골목 물 스미는 소리

새벽 골목길 미친년 하나 지나갑니다
간밤 강간당한 알몸이 시려
맨가슴 밟고 간 그 사내가 그리워
울먹이며, 울먹이며 별길을 갑니다
전생 푸른 빛 다 못 씻어
탯줄에 아이 심어줄 삼신할미도 없는
동냥 돈 별 꿈을 사는
그리운 미친년 지나갑니다

불의 환幻 3
–늑대

슬퍼서, 슬퍼서 불을 놓는다
아직 털 벗지 못한 원시의 몸
어느 별에서 날아와
잎눈 틔웠는지
가슴엔 바람 불어
맨살에 숯불 놓을 바람이 불어
얼어붙은 밤이면 산을 울부짖는다
원시림 속 날 부르는 소리를 따라
흰옷 푸르른 달밤을 넘는다
몇 겁을 살아 다시 돌아갈
들린다 아아, 사막에 강물 열리는 소리

불의 환幻 4
–웅녀

맨 처음 남자와
맨 처음 여자로 만나고 싶네
햇살 하늘 아래
맑은 영혼
조용한 평화

백 명의 여자와
백 명의 남자를 지나
억겁 꽃잎으로 다시 피는 날

어머니의 어머니가
그 어머니의 어머니가
치마폭에 품었던
눈 밑 그늘진
혼불을 안고,

맑은 뿌리는 동쪽으로 두고
흐르는 소리 서쪽으로 놓겠네
천리 밖 향기만으로
삼동 다 넘길 듯한
산국山菊 희디흰 꽃관 쓰겠네

달 하나 마시고
달 하나 낳고

하늘과 바다가 한 끝에서 만나듯
꼭 하나만의 남자와
꼭 하나만의 여자로 만나고 싶네

유배지에서

홀로 눈뜨고
홀로 돌아눕는다
별이 뜨지 않는 마을에
별 하나

꽃들은 어둠 속에
피거나 지거나
그렇게 잠들면서
잠들지 못하면서

조금씩만 열리는
강물 위에 누워
빈 뜰
사막을 가는

목련, 억년億年 별밤을 걸어

내 안의 그댈 찾아
억년 별밤을 걸어왔다

비속에서도 깨어있는 향기
봄밤을 켜는
내 희디흰 손끝 보아라
날 찾아 헤맨 또 다른 나를 만나
이제 더 기다릴 수 없는
그대 안에 내가 핀다

내 그림자 밟고서는 그대
모래로 몸을 씻어
한 생生의 물소리로 돌아눕는,
햇살의 무게 지워가는

잠들어도 보이는 그대
숨소리 베고 누워
억년 별밤 잠재우느니,

그대 나의 별
천년 목마름

패랭이꽃 1

오늘도 바람인 여자를 보아라
전생 어느 길목에선가
함께 울었을
눈물인 여자를 보아라
한때는 누군가의 그 사람이었을
서러운 그리움이었을
진흙길에 발목 적시지 않고
머무르지 않고
소리 내지 않는

오늘은 내가 사랑한 그 사람이 아니라
나를 사랑한 그 사람을 생각한다
눈물 없이 지나온 많은 얼굴들을
어느 깊은 종소리를 따라 걷다가
사막에 불을 놓아
스스로 타오르는 여자
꽃 가운데 앉아
홀로 반짝이는 여자를 보아라

패랭이꽃 2

슬픔의 정수리까지 가 닿아야
꽃잎을 연다
목숨을 빚는 단 하나
눈물의 강

천길 벼랑에 한 뿌리를 내려
밤길에도 한낮을 갈 꽃등 밝히느니
몇 생을 걸어
다시 피게 될
꽃과 다시 꽃과

모르는 사이 꽃은 피고
모르는 사이 꽃은 진다

문을 열면
산 산 산
길을 묻지 않는 별빛
바다로 간다

모르는 사이 사랑은 오고
모르는 사이 사랑은 간다

순례자의 봄

이즈음 햇살 속에 서면 바람이
왜 풀잎을 흔들고 가는지 알 것 같다
불 꺼진 창 얼굴 문지르며 들녘
알몸가지로 머리 누이는지 알 것 같다
꽃잎 속 홀로 몇 개 계절을 지나
억새 골 깊이 일렁이다 보면

섬으로 가 머릴 누이고 돌아서
파도소리에 발목 묻으면
오랜 어질머리 해빛꽃 내릴까
마주 서있어도 무너지는 그리움
봄앓이 사랑춤에 허기가 진다
골목 어디쯤 계절 속에도 없는 얼굴 하나
불쑥 구름 피릴 불며 달려 나올 듯
햇살차창 머리 기대 나는
그대 앞 꽃이나 나무 바람까지 다 될 것 같다

반세기를 잠들어도 풀리지 않을
불면의 깊은 바다에 누워있다
어둠에 눈 멀어 어둠을 마시며
강물이 바다와 몸 푸는 소리를 듣고 있다

더 은밀한 곳에서만 옷을 벗는 풀잎들
저물녘 놀빛에 멱을 감는
해불덩이 알몸남잘 바라본다

숨 멈춘 한낮
텅 빈 햇살 속 목련 지는 소리
바람이 왜 풀잎을 흔들고 가는지
알 것 같다, 눈물 떨구고 가는지

순례자의 가을

별 하나가 내게로 와 안긴다
별 하나가 내게로 와 고개를 떨군다
희디흰 꽃자리 불을 켜는 들꽃들
골짜기나무들 노란가지 흔들고 있다
억새 제 몸 일구어 가을산을 태우고 있다
남은 별 옷깃 사이
달빛 자르는 바람 한 점

수염을 길러보는 거야, 가을엔
테 맑은 안경을 쓰고
별밭에 앉아
별보다 깊은 울음 파도소릴 듣는 거야
물풀 깊은 속살 모래 한 알의 슬픔으로
몇 줄 시로 남은 여자를 생각하고
바흐를 들으며
출렁이는 밤바다 젖은 별로 흐르는 거야
맑은 기침, 떠도는 향기
설레는 안개숲 풀잎으로 눕는 거야

별 하나가 내게로 와 안긴다
별 하나가 내게로 와 날 안아버린다

파꽃

뻐꾸기 나절을 울다간다
못 올 사람 기다리는
봄날도 잠시

태어나기도 전 이미 날 적시고 있었을
처음부터 불이었을

혼자서도 잠드는
죽어 다시 필 꽃잎 위로

들린다, 핏줄 스치는 바람
심장을 딛고 가는
노란 염주알 소리

분재

날마다 작은 새들이
뜰에 내려와
이름 모를 꽃씨 뿌리고 갑니다
아침 햇살에 여린 날개 반짝이며
무어라 골똘히 이야기를 주고받습니다

꽃씨는 바람에 불려 어디론가 날아가거나
척박한 땅 위에 가까스로 뿌릴 내리거나
빗물에 젖어 홀로 잎을 틔웁니다

뜰은 소리들로 자욱합니다
잎을 깨우는 봄날의 소리
혼을 흔드는 여름날의 소리
타는 가을과
펄럭이는 겨울

나는 뜰을 바라봅니다
다만 바라보고만 있습니다
새들은 사철 변함없는 꽃씨를 뿌리고
나는 사철 다른 눈으로 꽃씨를 봅니다
실바람에도 얼음이 녹고

내 한 몸에도 굽이굽이 길이 있거늘

오랜 뜰에 내려서서
꽃씨 하나 깊숙이 품어봅니다
연꽃 하나 환히 피어납니다

이브를 위하여

기도하라
밤은 깊어 이미 철길은 묻히고
달빛눈사람 바람 속에 들었으니
기도하라, 오지 않는 그를 위해
눈길에 눈물 떨구지 않는 손
처음부터 없던 그를 위해

나는 죄 짓고 싶은 여자
꿈속에서도 사과를 훔친다
갯버들 봄잠에 빠지듯
똬리를 트는 죄

기다림을 위해 별빛을 찢는다
첫추위를 앓는 사내 몇 새벽을 열고
눈 내리는 간이역 첫 기차를 타면
사랑할지니, 버려진 이웃처럼 슬픔 나눌지니
흩날리는 눈발
빈 바람에 입맞춤하며
그리웠노라 무심히 잊지 않고 말할지니

죄를 열면 아름답다

세상 밖 홍수 속으로 뛰어드는
돌을 던져
날 자유롭게 하라

가을을 지나며

타서 죽어도 죄 될 것 없네
가을빛으로 서면
누운 꽃잎마저 맑고 맑아
마른가지 혼불 내릴 듯
희디흰 햇살

넝쿨꽃 향 사르는
철길을 따라
자전거를 탄 소년은
휘파람 불며 지나가고
콩깍지를 태우는 연기 속으로
배부른 아낙과 구릿빛 사내 돌아오네

겨울잠에 빠질
또 하나의 가을을 위하여
새들은 길을 버리고
꽃들은 가을을 버리고

흰빛으로 태어나
흰빛으로 잠이 드는
아, 타서 죽어도 죄 될 것 없는
작은 것의 눈부심을
저물녘에야 보네

달팽이집

물속에서도 타오를 수 있다구?
해가 뜨고
꽃이 피고
수초 사이 흔들리며
별이 지고 있다구?

꽃피지 못한 많은 날들은 슬프지 않다
산그늘에 오래 젖어 있으면서
산이 되지 못한 것이 슬프다

바람 같은
가을꽃에 내리는
햇살 같은

반짝이는 것 모두
들녘으로 내려와
작은 눈물방울 하나씩 매달고 있다

가끔 설레는 건
등을 스치는
발자국소리 때문이야
장다리꽃 너머로
네가 가는 게 보여

2. 꽃잎 속으로 걸어가다

근황 1

낮달

꽃잎 속으로 걸어가다

실연기失戀記

당신이 만약

거짓말

가을숲에 서면

강물 열리지 않았다

철쭉제

지리산 1

지리산 2

아무도 몰래 내가 아픈 날

제비꽃

길 끝에서

다시 그리운 4월

근황 1

나무가 빈 가지로 오래 겨울을 견디는 것은
봄을 기다리는 것만은 아니다
나뭇가지 사이엔 우주로 가는 길이 있다
하늘과 바람과 구름의 소리가 있다

그늘을 드리우는
저 깊고 아득한 골짜기의 울림으로
피었다 지고
피었다 질 꽃잎들

빈 가지 사이로
별들이 지나갈
길 하나 열어놓는다

낮달

헤어져 홀로 돌아오는 것은 슬프다
돌아와 잠들지 못하는 것은 슬프다
그럼에도 자꾸 그리워지는 것은 더 슬프다

꽃잎 속으로 걸어가다

1.
원시의 사내 걸어가고 있다
나를 사랑하는 사내 걸어가고 있다
내가 사랑하는 사내 걸어가고 있다
묵언정진 흰꽃으로 피어오르다
노을 속 길을 버리는 사내 걸어가고 있다

2.
너 없는 가을과 겨울을 지나왔다
나는 바람 속에 있지만 바람이 되지 못하고
꽃잎 속에 있지만 꽃이 되지 못한다
봄이 와도 봄을 잡지 못하는
무명의 손길인 듯
그렇게, 다만
안개 같은 꿈결 같은
꽃잎 속으로 걸어갈 뿐이다

실연기失戀記

강물이 우는 소릴 나는 들었네
갈숲 사이 오랜 길을 열어
온몸 풍경으로 오던,
돌아서 우는 소릴 나는 들었네

바다에 닿기 전
섬이 되어버린
지상의 가장 깊은 잠을 위해
포복하는, 갈대
희디흰 날갯짓을 보았네

허상으로만 떠돌던 소리
내 안에 강물 하나 흐르고 있었네

당신이 만약

당신이 만약 나를 사랑한다면
활짝 핀 꽃잎보다
젖은 풀잎으로 다가오세요

잠든 별을 깨워
윤회에 드는
나무들 푸르른 숨소리처럼
낮은 불빛 아래
목마른 코뿔소처럼

당신이 만약
나를 사랑한다면
나를 미워한다면

거짓말

내가 그를 사랑한 것은 거짓말이다
내가 그를 그리워한 것은 거짓말이다
나는 사랑을 사랑했다
나는 사랑을 그리워했다

내 눈은 언제나 그를 지나
저 어둠의 끝을 바라보고 있다
어둠 뒤의 어두움
햇살 뒤의 또 다른 햇살을

목말라 더 깊이
뿌리 내리는 나무처럼
때로 푸르게
때로 헐벗으며

내가 외로우면 그도 외롭다
내 눈이 슬프면 그의 눈도 슬프다

그는 내 안에 있지 않고
나는 그의 안에 있지 않다
우리는 사랑을 사랑했다
다만 먼 곳을 바라볼 뿐이다

가을숲에 서면

강물 그 깊은 속내 누가 알겠나
열길 물속 안다지만
가을숲에 서면
모르겠다 자잘한 꽃송이들
어찌 햇살 따라 길을 내는지
풀잎들 한 길로 머리 뉘어
바람 희디희게
계곡물 속 그림자를 드리우는지
청솔 푸르른 가지 불러들이는지

햇살 단풍잎 따라 손가락 펼쳐보면
외길 들바람 강물소리 들린다
빗길 우두커니 하늘 기다리는 잿빛머리
등짐사내 숨은 생애가 보인다
그립다, 그립다 목 늘이는 억새
눈 멀 햇살 저 쓸쓸한 떡갈나무 잎살마다
가쁜 등정 길
바다로 가는 잡목림이 보인다
제 그림자 드리워 산길 헤쳐가는 눈발인 듯
산국 흰 어깨를 스치는 빛

반짝이는 숲 여기 있음이니
큰 산이 우는 소릴 나는 들었다

강물 열리지 않았다

불을 켜지 마라
동트기 전
나는 더 깊은 어둠 속에 앉아
남은 슬픔을 새겨야 한다
젖은 고요와
아직 잠깨지 않은 묵은 숨소리와
지난 이슬 길의 끝 간 데를 보아야 한다

겨울비에 젖은 나무는
사랑을 하지 않는다
파란 눈빛으로 그리움을 품을 뿐이다
뿌리로 숨을 쉬며
저 육중한 우주의 무게를
지고 갈 뿐이다

일어서 오라, 오라
문 열어 두면
골목 어디쯤 새벽빛을 지고
허기진 기침 돌아오는 사내도 있지만
아직 갈길 멀고
강물 열리지 않았다

철쭉제

바다의 끝에 바다가 있다
파도의 끝에 파도가 있다
수만 불덩이로 타오르는 꽃송이
꽃잎 속 또 꽃잎이 있다

살아온 날보다
살아갈 날에 머리 묻고 산다
살아갈 날보다
살아온 날에 더 흔들리며 산다

봄꿈을 꾸며
스스로 불을 품어 꽃이 되는 사람들
스스로 꽃을 품어 길이 되는 사람들

꽃잎 속 전생이 환하다
넓디넓은 바다 속 옷깃을
잡는 이 없다

지리산 1

큰 산이 내게로 와 안기는 꿈을 꾸었네
홀로 차를 마시고
외길을 걸어 저물도록 한낮을 서성이다
돌아와 자리에 누운 밤
창가 초승달도 선명하게
깊고 그윽한 큰 산을 보았네

국화향 시들도록
바람만 드나들던
뜰

온몸 잠기도록
산빛이 내려
비로소 흰새 하나 날아오르네
아스라한 별빛 속에 묻히네

꿈꾸지 않아도 좋을
큰 산 하나 내려놓네

지리산 2

그대 나를 향해
환히 웃어도
나는 웃을 수가 없다

그대의 하늘, 땅, 나무, 꽃 모두
나를 향해 길을 연다 해도
그대 그림자도 밟을 수 없는
풀포기 하나 되지 못하는

그대 가끔 가슴을 열어
오라, 오라 출렁이지만
꿈길에도 피가 뜨거운
산들바람에도 그리운 나는
그대에게 갈 수가 없다

바위틈에 숨어
반짝이는 꽃잎처럼
아직도 긴 겨울
얼음을 쪼는 겨울새처럼

너무 기쁜 나는
너무 슬픈 나는

아무도 몰래 내가 아픈 날

이제 세간의 그리움을 접는다
나무 한 그루 심어놓고
날마다 조금씩 무언無言으로
물을 주며
별이 내리는 소리에만
귀를 기울인다

선禪에 들어
한세상 너머 물소리도 들어본다
깊고 푸르른 물소리
그 물속엔 바람 일고 있었던가
잠들어 있었던가

꽃핀 가지도 없는데
나비가 날아왔다
빈 뜰을 나비는 맴돌다,
맴돌다 내 눈 속으로 들어와
노랑물을 풀었다

햇살 속으로
햇살 속으로

걸어가 봐도
타서 죽을 일 없는 이 봄날에
아무도 몰래 내가 아프다

제비꽃

내 밤마다 널 향해 돌아누워도
날 위해 울지 마라
나무 뒤에 숨어
널 훔쳐보며
이 봄날 다 가도록 망설이기만 하는

천 년 전에도 너는 울고 있었고
천 년 전에도 나는 돌아눕기만 했다

박토에 뿌리 내린 나뭇가지마다
천 년을 하루같이 별이 피고 지듯
오늘도 하루해 돌계단에 지듯

이승의 어느 풀잎엔들
봄날이 와
우리 젊은 걸음마다 봄볕이 들까
내 안에 앉아
날 살아내는

길 끝에서

다시 하늘이 보이고
길이 보인다

들꽃이 그 텅 빈 바람 속에 얼마나
아프게 꽃잎을 여는지
바람 한 편에 오두막을 짓고
여름 한 철을 나지만,

불볕에 졸다 깨다
다시 잠든다

사는 일이 꽃잎에
풀물 들이는 것 같다

다시 그리운 4월

어디 눈여겨 가슴 열 사람 하나 있어
봄날 강물 위 햇살 저리 눈부실까
돌아보면 구름 산 바람소리뿐
강가 허전한 마음자리마다 집을 짓고 나무를 심어
잊었던 등불 하나씩 켜고 가는 사람들
사랑을 버리면서 사랑을 하고
한 번의 이별 없이 잠을 청하는
내 이웃 시린 창문에 비는 내려
새벽 목마름에 별마저 보이지 않았다

오늘도 햇살 등지고 낚싯대 드리운
빛바랜 머리칼 저 사내는
세월을 낚는 것인지, 버리는 것인지
쪼그려 돌 틈 마른 풀잎 위 눈 모아보면
강물 그 깊은 속뜻 알 듯도 하다
삭정이 불에 가슴 데어 눈물이 흰
등이 아름다운 여자 하나 만날 듯도 하다
그리움의 어디쯤 꽃씨는 싹을 틔워
닿지 않을 강기슭에
또 배를 부리는지

3부

영웅을 기다리며
(2013)

1. 그 여자를 흐르는 빛

구절초

아무도 없는 들길을 혼자서 간다
가을 햇살 속을 혼자서 간다
방금 어둠을 빠져나온 한낮의 고요

고요 속을 한없이 간다
죄 없이 지나온 많은 날과
죄 짓고 걸어온 많은 날들
아무도 없는 길을 혼자서 간다

그 봄과 여름날의
영문 모를 어둠

잘못 떨어진 이 별의 바람 속에
깃발 되어 그냥 혼자서 간다

투명인간

겨울산에 노을 불탄다
산까치 떼로 내려 붉게
깃날을 푸는 산기슭 배드민턴장

여자가 맨손체조를 하고 있다
가지 위에 눈송이처럼 날개옷 걸어놓고
여자가 오래 맨손체조를 하고 있다
까까깍 온산 식구들 불러 모아
귀가의 제전 벌이고 있는 산까치

멀찍이 나무벤치에 앉은 노인 무심히 여자를 바라본다
바람 한 점 철봉 손잡이를 흔들고
쨍그랑 노을 속으로 스며든다

돌계단을 내려오자
허리 돌리기를 하던 할머니 문득 돌아보며
다섯 시만 되면 꼭 해가 지는구만

겨울 일몰이 아름다운 건
겁 없이 옷 벗고 나선 저 나목들 때문일 거야
맨손체조를 하고 일몰을 마시고 양치를 하고

여자는 오늘도 투명인간을 건너고 있다

여자가 부재한 여자의 가슴 속으로
사람들이 쿵쾅 지나다닌다

무인도 1

섬이다 파도에 뿌리를 묻고
초록 하늘을 베고 누운
나는

아버지가 누군지는 아슴아슴하다
고깃배 통통통 구릿빛 사내?
궤짝 속 떠내려 온 버림받은 왕자?
가끔, 생각에 젖으면 바닷물 깊이 무릎이 닿아
산 같은 파도 일으키기도 하지만
나는 대체로 고요하다
누가 귀찮게만 않으면 몇 날이라도 잠들 것 같다

내 뜰을 지나는 소리는 그리 많지 않다
간밤엔 갈매기 울음이 깃털 하나를 떨어뜨리고 갔다
노랑부리 새와 단풍나무, 다람쥐 몇 놈이 내 옆구리에 둥지를 틀어 저희끼리 잘 살지만, 날 아는 척하지 않고 나도 그저 바라볼 뿐이다

내게도 사랑이 있을까?
있다면 그도 나처럼 영혼이 무거워
오는 시간이 걸릴 게다

파도 철썩 바람 부서지는 밤이면
달빛 속에 천천히 날개 일으켜본다

나는 이제 누군가를 기다리기도 하고
기다리지 않기도 한다

무인도 2

내 몸에는 달이 살고 있다
그리운 달 서러운 달 쓸쓸한 달

달을 보면 기도한다
매번, 기도할 말이 생각나지 않는다
그냥 바라만 본다
깊이깊이 나를 던진다

내겐 신神도 사랑도 친구도 없었다
달빛만이 먼 생애를 쓸어 주었다

어머니, 어머니…… 부르듯
달, 달, 달님…… 하자
달이 내게로 왔다

아무도 달이 내 몸속에 들어오는 것을 보지 못했다

찰랑찰랑 달의 푸른 숨소리
그 숨소리에 맞춰 숨을 쉬고
걷고 생각하고 잠이 든다

이제 내 생애는 달빛처럼 서늘하다

그 여자를 흐르는 빛

그 여자는 사랑할 줄을 모른다
사랑받을 줄만 안다
그 여자는 사랑받을 줄을 모른다
사랑할 줄만 안다
넝쿨손 초록 계절을 기어오르는 동안에도
수심水深의 절반을 담아건다

그 여자를 흐르는 빛이
무인도를 닮아있는 것은
태생의 전설 낯설기 때문이다
여자는 맘껏 바다를 이고 살지만
태양을 품은 죄로 고립의
성에서 벗어날 수 없다

그러나 때로 섬이 날개를 단다는
소문이 떠돌기도 한다

정오의 기적소리 1

고요한 정오를 서성이면서 아이는 뜀뛰기를 하고 흙장난을 하고 하늘을 본다 하늘엔 구름 몇 송이 꽃잎을 열었다 닫았다, 대지의 물상物象을 흐르고 있다

뒷산 피 오른 뻐꾸기 울음 싸리나무를 흔들고 가자, 댓잎 연연한 바람 묵은 그늘을 내린다 마당가 아른아른 가슴 시린 문양을 풀어놓는다

할아버지 기침소리 어머니 점심상 차리는 소리 일꾼들 들에서 돌아오는 소리 소리의 새하얀 울림 먼 기적汽笛처럼 날아오른다

바라볼수록 빨갛게 철이 드는 대추나무 올 한해 제사상은 몇 밤이나 되나 어머니 버선코에 낮달 지기도 전에 종가의 저녁연기 박꽃 물들인다

아버지의 빈 그림자에도 대추알은 실하게 붉어 올해도 가을빛이 담을 넘어간다

정오의 기적소리 2

1.

어머니는 바다 건너 안채에 살아요 아버지는 바다보다 먼 사랑채에 살아요 나는 징검다리도 없는 안채와 사랑채 사이 생각이 많아 입이 무거운, 외로움을 일찍 배운 막내별이에요

밤이면 할아버지 이불깃 스치는 소리, 아버지 옛이야기 고적한 사랑채 풍경 속에 잠이 들어요 꿈속으로 어머니의 가만가만 손놀림, 두런두런 언니들 비밀한 이야기 소리, 꽃잎 흩날리는 웃음소리 산안개처럼 자욱 따라와요

툇마루 무늬 결엔 오늘도 잠자리 날개 같은 햇살 날아다녀요 총총 뛰어다니는 생각의 곁가지마다 선비가 그래선 안 되느니, 할아버지의 편애偏愛는 사랑채 담장 위 호박꽃넝쿨로 피어나고

나는 외로운, 외로움을 몰라도 되는 일곱 살 의젓한 선비에요

2.

정오의 기적소리 들려오면 아이는 먼 딴 세상의 동화가 그립다 귀 기울여도 닿지 않는 그 세상의 차가운 이마를 만지고 싶다

사랑의 수심水深으로도 안 되는 슬픈 그리움의 수액이 아이를 키웠다

이명耳鳴

영하의 날씨에도 산을 오르면
산의 근기로 생명 이어가려는 사람들이 있다
산의 온기 산의 입김 산의 이야기를
나이테의 영혼으로 옮겨 심으려는 사람들이 있다

짧은 해를 배경으로 나목들 남은 겨울을 엿듣고 있다
허공에 매달린 까치둥지는 눈바람에도
부리의 환상을 버리지 않는다

이명耳鳴이 난다
언제부턴가 국적불명의 언어들이 내 안의
원시림에 바람을 풀어놓았다
귀로 듣고 귀로 흘리던 온갖 소리들이
빛의 속도로 명주실을 잣고 있다
소리의 어지러운 발자국 밤낮없이 망치질을 한다
나 몰래 내 귀에 세든 귀머거리 새들
지상에 없는 혁명 건축하고 있다

시대를 능가할 혁명은 늘 우리의 시선 밖에 있었다
제 생을 피우기 위해 소리의 경계를 넘나들던
넝쿨풀 마른 생애가 탱자나무 가시울타리에 걸쳐져 있다

>

결박을 풀어야 한다
숨 한 번에
버리고 비우고 지우고 뛰어넘어야 한다

산허리에 이명의 머리를 묻고
천천히 산의 호흡을 따라가 본다
내 안의 겨울에 귀 기울여본다

산의 숨소리 먼 냇물처럼 반짝인다
걸어온 길과 걸어갈 길이
돌계단의 순한 침묵으로 명시된다

속도에 대한 단상

한 떼의 집들이 떠나가자
한 떼의 집들이 새로 둥지를 튼다

풍경 들어설 때마다 사람들은 우르르 낯선 처마를 내건다
손바닥을 열어보면 우리네 살림살이 반짝이는 뒤꼍
소리의 높낮이도 비슷하지만
창마다 불 밝히고 햇살 커튼을 늘이는
어제의 그는 오늘의 그가 아니다

속도를 따라가지 못하는 나는 늘 집을 짓지 못한다
내 뜰 안 고요에 자족自足하는 아버지의
걸음걸이를 배운 나는 애초부터 이방인이다
일상의 시간 자족의 시간으로 대체되는 동안
뜰은 박제되고 걸음은 면벽에 든다

이방인의 면벽은 해독할 수 없는 경전의 눈빛이다
헛기침으로 선연히 집을 나서는 아버지의 뒷모습처럼
발밑 한 계절이 쓸쓸하게 나부끼는,
해탈을 담보하지 않는 고행이다

개나리환상

언젠가, 어디선가 한 번쯤 보았다는 느낌 지울 수 없다
어머니의 뒤뜰 혹은 먼 간이역의 한때

노란 혈관, 꽃의
이름으로 밤을 뒤척이던
푸른 기억 속의 순한 양떼들
꽃의 눈으로든 사람의 눈으로든
바람의 끝 간 데는 멀고 멀었다

봄이 왔다고, 봄이 올 것이라고 사람들은 말한다

희망의 전언은 올해도 어김없이 배달되었지만
의미로 교신하고 사리로 응결시키는,
뜰을 물들일 불의 화신은 소식이 없다

잠시 머물다 갈 휘늘어진 음향
꼭 그만큼의 눈부신 한때가 피어있었다고
꿈꾸고 있었다고

세상의 징검다리 위에 팔 괴고 앉아 졸음의 한나절을 지나고 있다

보따리산

내 어릴 적 그 산은
산이라기엔 보잘것없는 등성이었다
유독 뱀이 많아 뱀산이라고도 불리던,
듬성듬성 잡목 사이 초라한 형색의 풀들
돌이 절반의 무게를 지고 있어
여름이 와도 초록 어우러지지 않았다

마당 끝에 서면 앙상한
잔등이 손바닥만큼 잡히곤 했다
한겨울엔 남은 몇 포기 옷깃마저 벗어두고
마치 수치심을 견디는 여인같이 알몸 깊숙이
어둠을 숨죽이고 있었다 눈이라도 내리면
그때서야 작은 봉분封墳으로 살아나
천년의 꿈을 잠들었다

산에서 자라 산이 생명이던 내게도
그 산은 알 수 없는 상처였다
이십여 년이 지난 고향 성묫길에서
문득 낯선 이름의 산이 천둥을
안겨준 것은 이 때문이다

>
천형의 어깨에 넘실대는 초록을 지어입고
팔월 뙤약볕 아래 타는 듯
나리꽃 여인을 흘리고 있는

그 산은
산 너머 산을 날고 있었다
이제야 비로소
대지의 품에 둥글게 뿌리를 내리고 있었다

이제 지상의 나무들은

이제 지상의 나무들은 꽃피울 생각이 없다, 라고
중얼거려 본다

내 안의 절망 내 밖의 뜰에 옮겨 심어보는 것이다

나무들은 기다렸다는 듯
오랜 슬픔에 길들여져 온
어깨를 툭 풀어버린다

절벽을 뛰어내리는 폭포처럼
시위를 달리는 바람처럼
팽팽한 숲이 되고자 했던 날들도 있었다
안과 밖이 한 가지에 출렁여
한 빛깔의 울음 피워 올린 적도 있었다

오늘은
차가운 이마를 내려
이제 지상의 나무들은 꽃피울 생각이 없다

상수리나무 아래서의 사랑

내 한 철의 사랑과 내 한 철의 이별을
너는 지켜보았다

내 스물의 어두운 날갯짓 같은
한 끝의 노래와 한 끝의 절망을
너는 온몸으로 지켜보았다

한 번도 열린 적 없는 이끼의 뜰을 지나
반쯤만 잠들던 아카시나무는
흔들리는 향기만으로도
몇 생生의 뿌리를 거두어 갔다

머물러 있는 것만이 고요가 아니라고
이별은 또 다른 예감의 흩날림이라고
철새 돌아가고 철새 돌아온다

허공에 툭, 몸 던져 흙이 되고나서야 너는
내게 한 소절의 행간을 선물한다

이것이 내가 이 별의 마지막 미아가 되어
경건히 네 발등을 지나가는 이유다

자유, 아름다운 허구

자유라고 믿었던 날들이
꽃가지처럼 꺾여나간다

한적한 공원 산책길
남자의 팔짱을 끼고 걷던 여자
방금 꽃봉오리 밀어 올리는 목련 새하얀 허리를 꺾어든다
남자를 돌아보며 빨갛게 웃는다
겨울과의 긴 동거를 끝내고 막 돌아온
솜털 순한 구름송이들 낱낱이 부서진다
푸른 피 방울방울 멀리까지 스며온다

눈부신 생生의 출발 눈부시게 꺾어들고
남자와 여자 사랑을 찍고 있다
왜 꽃을 꺾어요? 비분강개
천둥소리에 문득 흘려보다,
별꼴이라는 듯 킥 웃는다

손가락을 빠져나가는 모래알처럼
자유는 처음부터 형상을 가진 게 아니었다
자유를 위해 자유를 버려야 했던
저문 식탁 저 차가운 별빛들

죄의식의 혈흔도 없이
햇살의 어둔 파장을 지나간다

자유는 언제나 내 안에 있고
자유는 언제나 내 밖에 있다

남자와 여자의 웃음소리
오래 산책길을 따라온다

선인장

사막의 하루해를 걸어간다
발목 깊이 불을 찍으며
바람의 심장을 지나간다

피돌기가 멈춰버린 시계추를 따라
한낮 까마귀 울음과
타는 모래알에 입술을 적신다

오아시스는 꿈꾸지 않는다
바람은 날마다 길을 지우지만
해는 바다 저편에도 꽃을 뿌린다
모래구릉 너머 지도에도 없는
구름 우뚝우뚝 일어선다

내 몸에 돋아난 날카로운
슬픔의 손들을 보라
눈물이 없었다면 아마 나는
이 사막을 건너지 못했을 것이다

2. 영웅을 기다리며

영웅을 기다리며

무협지를 보면
세상이 어지러울 때
숨어있던 고수 번쩍 나타나
세상을 평정하고 또 훌쩍 사라졌다
사람들은 그를 영웅이라 했다
영웅은 당대 한 명만 태어난다고 했고
사람들의 눈에 잘 띄지 않는다고도 했다
그래 그런지 나는 아직 영웅을 만나지 못했다

이 시대의 영웅은 어디에 있는가
빛나는 이름 자칭 영웅들을 비껴
어디 한가로운 세상을 흐르고 있는가
말갈기 흩날리며 계곡을
누비던 말굽소리 들린다
번쩍이는 눈, 구름처럼 피어나고
바람처럼 사라지던 발자국들

그러나 달빛 아래 시름 깊은 사내
한숨에 녹아드는 한 꽃잎을 물고
먼 남쪽 바다를 건너간다

>
지금 내 안에 반란이 일어났다
달려와 나를 거두어 평정해 주지 않는가
아직도 내 소리 듣지 못했다면 그는
참 아득히도 멀리 있나보다

내 안의 슬픔으로 늘 그리운 그는
어느 날엔가 소리없이 번쩍 날아와
내 정신의 공백 채워줄까
세상이 시시하고 쓸쓸한 날엔
영웅이 그립다

하산하지 못하는 목불木佛

연두에는 소리가 없다
옛이야기 무늬 지는 물결이 있을 뿐이다
물결 위엔 방금 겨울 건너온 독경소리
햇살은 연두에 한 층 길을 내어
저희끼리 천년을 살다 간다

한때나마 곁을 스쳤을 그 무엇을 서성이며
산새는 돌무덤의 낮은 속삭임에 귀 기울인다
햇살과 산새의 둥지인 저 연연한 물결은
뿌리의 한 시절, 잎잎 제 사연에
숨을 놓아 바위 등성까지 뛰어오를 것이다

기다리는 것은 오지 않고
기다리는 것이 무언지도 잊어버린 채
오래 하산하지 못하는 목불

오늘은 연두에 소리 하나 내걸고 있다

투시透視

겨울해변에 앉아 바다를 바라본다
먼 바다를 바라본다
먼 먼 바다를 바라본다

흰 어깨 철썩이며
바다가 나를 바라본다
먼 나를 바라본다
먼 먼 나를 바라본다

일출 새하얀 신기루처럼
일몰 붉은 태몽처럼

한 생애가 그물에 걸려 물결친다

오래된 지도

내 걷는 이 길 내 길이 맞는가, 혹 낯선 별을
떠돌고 있는 것은 아닌가 생각 차오를 때가 있다
어릴 적 해 넘어 길 잃은 그때처럼
아직도 혼몽한 울음 피워 물고 있는지도
안개 골목 자욱 헤매고 있는지도

이런 날은 꿈속에서도 구름이 돋아 온몸이 풀잎처럼 젖는다
태어날 때부터, 아니 전생에서부터 나는 이미 젖어 있었는지 모른다 흩날리고 있었는지 모른다

오래전 어느 한 손이
시련으로 영웅을 빚는 불길 뿌려놓았다
물살에 아슬아슬 몸을 푸는 나룻배
아무리 키를 세워도 걸음 익숙해지지 않는다
사람의 마을에 닿는 일이 소리의
근원을 만지는 만큼 멀고 난해하다

달마의 옆구리를 스쳐간
오래된 지도 한 장
지도의 흐린 강줄기를 따라
흐르고 타오르고 비어간다

돌을 쪼아 별을 사르는 석공처럼
가장 깊은 눈물 뒤에 흐르는 사람

꽃이 피었다

단풍나무 여린 그늘에 참새 한 마리 앉았다 날아가고
뾰족 한 잎 봄풀같이 깃들다 가고
송이구름 살짝 알유리를 흐르자
꽃이 피었다

어스름 골목 미로같이 떠돌다, 문득 길가 줄을 선 꽃들 사이 쭈그려 한세상 구름가지로 피어보았다
노란 병아리같이, 좌판 먼지 앉은 헝겊 인형같이 조는 듯 파릇하게 잎을 달거나 키를 늘인 화분들

그 중 작고 심심한 놈 하나 골라 창가에 놓았다
여전히 심심해 보이는
이름도 없는
이름도 모르는
이름도 지어주지 않은
작은 이파리 그 녀석

심심한 이마 위로
바람도 햇살도 이슬도 내리지 않았는데
꽃이 피었다
눈 맞추지 않아도

꽃이 피었다

지나는 한 알 씨알에 반짝였을까
목소리를 들은 적 없다
마치 그러한 약속이 있었던 것처럼

꽃
이름을 얻었다

동면의 습관

잠이 오지 않는 푸른 박쥐의 밤들을 지나
문득 도착한 곳이 겨울이다

겨울은 문 닫지 않은 유일한 마을
사람들은 한 철 남으로 무리 이동을 하고
봄이 올 때까지 겨울은 빈 공간이다
설령 눈꽃이 무리진다 해도 잠을
방해할 정거장은 없다

문밖의 겨울과 내 안의 겨울이
완전무결 둥지를 튼다

멀리 종탑으로 가는 외길 아스라이 반짝인다
아직은 잘 접어두기로 한다
겨울이 이끄는 대로 가보기로 한다
가만 있어보기로 한다
기다려보기로 한다

고요에 중독된 달 오래 은하수를 흐르고 있다

아무도 없다

길을 건너가는 여자와
길을 건너오는 남자가
아슬아슬 옷깃 스쳐 흘러간다
눈은 섬광처럼 전생을 가로지르지만
애써 어깨를 돌려 사라진다

삼생三生 어느 한 계절이
제 빛깔 소리를 찾아
걸음걸음 수면 위로 차올랐다

너무 많은 모르는 사람들과 옷깃 스쳐 왔다
어깨가 아프다
어깨가 아플수록 어깨와 멀어진다

옷깃을 지우기 위해 옷깃을 걸어간다
창가에 앉아 햇살의 파장을 만지작거리는
투명 꽃가지들의 뿌리 깊은 관성

나무처럼
가만 서있어도
바람이 구름이 한 뜰을 흔들고 가는 것
흔들리며 문득 아무도 없다

간이역

저물녘을 좋아하는 나무와
새벽녘을 좋아하는 나무가
등을 대고 체온을 나누고 있다
마지막 한 잎 결별을 뜯어내며
남은 불꽃을 소진하고 있다

따뜻함은 동그라미 안에서 피어난다고
손끝마다 바람을 피워 물던
동상이몽의 간이역들

잠깐 머물거나 스쳐 지나는 풍경을 좇아
나무들은 태양의 일대기를 걸어왔다
코스모스 꽃대를 사르던 빈 가을의 일몰
누구나 실핏줄 속에 간이역 하나쯤 묻어두고 산다

하나의 채반 위에 살을 헐어내면서도
각각의 춤사위를 펼쳐드는 진눈깨비들

네모로 만났다가 동그라미가 되고
다시 세모로 돌아간다 해도
우리의 잘못은 아니다

>

낮은 가로등 한 마을을 내어
돌아갈 식탁을 풀어놓지만
아직은 잠들 때가 아니다
돌아갈 때가 아니다

안개주의보

우울이 찾아왔다 사계四季의 수순인 듯
여우비 한 철인 듯 안개꽃 자욱 똬리를 튼다

머리 가슴 팔 다리 어디에선가
나도 모르는 한 세계가 펼쳐지고 있다
맘 가는 대로 잘 따라주던
내 것이라고 생각했던 몸이 생소하다
사춘기의 한때처럼 엇나가기 시작한다

우울증인 것 같아
아메리카노에 전에 없던 설탕 곁들이며
유물을 풀어내듯 은밀한 귓속말 연다
우울을 즐기시잖아요? 난잎
푸른 햇살 쨍 깨뜨리며
무슨 엄살이냐는 듯 후배가 깔깔 웃는다

우울을 즐긴다고? 걸음마다
문신처럼 얼룩져 있던 그늘의 정체가 우울이었나?
아슴아슴 한기를 피워 물던 몸살기
조금씩 몸에 달고 다니던 구름의 달콤한 습지가
어느새 나를 잠식하고 있었나보다

>
목련 분분한 봄날, 나른한 졸음의 투명 유리에도
안개가 걷히지 않는다
시선의 먼 능선에 안개주의보가 내린다
한 번도 초록인 적 없던 날들과도
화해하는 법을 배웠어야했다

창밖엔 바야흐로 봄 만개한다

오래된 풀꽃

내 뜰에는 풀꽃 하나
어여쁘게 피어
보라색 그늘 드리우고 있다
보라색 향기 보라색 바람 보라색 웃음

달빛에 무늬 지며
작은 가지 반짝 부서지고 있다
우주 어디에선가 뒤척이고 있었을
생명같은 눈물같은 불꽃같은
푸른 기운

스스로 타오르며 어두워지며
일어서며 문 닫으며
풀잎 속 골똘히 피어
적막한 무게 지고 간다

은둔자의 피 한 방울

가끔, 나그네가 감탄하며 한참 바라보다 간다

조팝꽃 봄날

꼭 와야 할 사람이 오지 않는 것은
꼭 가야할 사람이 가지 못하는 것처럼
아직 건너야할 강이 남은 까닭이다
절반의 만남 절반의 이별
절반의 영웅심 절반의 결벽증이 피워낸
꽃 한 송이

기다림은 천년 바위 같고
이리저리 찾아 헤맴은 얕은 개울 같다
허리 꼿꼿 찰나의 꽃잎 기다린 지 오래

그가 기다리는 사람은 필시
그를 닮은 사람일 게다
한철의 눈물과 한철의 향기로
젖은 영혼을 길어 올리는
눈빛 선연한 낮은 어깨

그가 기다리는 것처럼
그도 그를 기다린다
그러나 이 시대엔 오작교가 없으니
그가 가지 못하는 것처럼
그도 오지 못한다

안부

어머니는 매일 아침
묵주기도가 끝나면
일곱 남매 집집이 다이얼을 돌리셨다
무탈하냐, 칠흑 밤 쌓고 쌓은
걱정 보따리 일도 없이 풀어놓으셨다
낮에는 직장으로 핸드폰으로
그 많은 전화번호 다 외셨다
온종일 일곱 새끼 치마폭에 싸안고
고립무원 홀로 외로워하셨다

뭐 하러 자꾸 전화하세요
짜증소리 귓등으로 흘리시며
망령이 났는지 자꾸 이리 궁금쿠나
세상 끈 놓으시기까지
날마다 허공에 다리를 놓아
궁금타, 이리 궁금타!

이제 아무도 날 궁금해 하지 않는다
내 죽거들랑 우짜든지 느이
칠남매 우애 있기 지내라이
일 년에 한두 번 얼굴 볼까 말까
우리는 서로 아무것도 궁금하지 않다

순례자의 잠

살아있음이 욕되고
죽음조차 먼 계절이 왔다

남은 건
뿌리 깊은 자아

발아한 자아는
끊임없이 정신을 무너뜨리고
소생할 기미 없는
살肉들은
허공에 걸려 있다

그래도 사는 날까지
살아남아야지

웃으며
길은 멀어도 행복하다

가을 주변

누군가를 기다리는 것 같기도
누군가의 기다림인 것 같기도 한
석상 하나 서 있다

석상의 정수리엔
오랜 종족의 비밀인 듯
맨드라미 붉게 바스라진다
가끔, 그믐달처럼 여자가 걸어 나와
괜찮다, 괜찮다
우물을 들여다보고 간다

기와집 문설주엔 길 떠난
문장의 파편 하나
햇살 깊이 머리칼을 늘여
나룻배 한 척 물살 저며 간다

바람이 석상의 먼지를 훅 불고 가자
이끼의 손금 푸르게 피어난다

흰 코스모스의
흰 손에 걸리는
흰 하늘

달맞이꽃

내가 이 작은 뜰에
오래 발목 묻고 있는 것은
저 언덕까지 날아갈 날개가 없어서가 아닙니다
강물 거스를 지느러미가 없어서가 아닙니다

꼭 한 사람
이 뜰을 지나갈
영혼 푸르른 나그네를 위하여
샘물 시리게 퍼 올리기 위해서입니다

가슴 밟고 갈 한 줄기
바람을 기다려
삼생을 깨어있기 위해서입니다

작은 나무가 고목이 되고
다시 어린 나무가 눈뜰 때까지
기다리고
기다리기 위해서입니다

후기

‘섬’을 찾아가는 영혼의 소리

후기

'섬'을 찾아가는 영혼의 소리

1.

2019년 초입에 들어서면서 가장 시급히, 긴밀하게 한 해 계획의 한 축에 둔 것은 네 번째 시집을 출간하는 일이었다. 시집 출간에 대한 계획은 작년 연말(2018), 3년여에 걸쳐 수행해오던 연구 과제를 끝내고 학술서적을 출간하게 된 배경과 맥락을 같이 한다. 이른바 이제야 한숨 돌리고 시의 곁으로 돌아왔다는 표현이 맞을 것이다. 살아가면서 어느 것 하나 소홀히 할 수는 없겠지만, 돌아보면 이런저런 일로 유독 시의 길에 많은 공백을 자초했음을 부인할 수 없다.

따라서 시집 출간에 대한 계획은 오랫동안 가슴 속에 묻어두었던 마음의 짐이면서 한편으로 밖으로 떠돌던 발걸음을 제 자리에 앉히는 일련의 과정이 된다. 여기에는 그간 시작詩作을 게을리했던 나 자신에 대한 질책과 함께 새로운 출발로서의 설렘이 담겨 있기도 하다. 엄밀히 네 번째 시집에 대한 계획은 90년대 후반부터 이미 그 터를 두고 있었다고 할 수 있다. 이른바 김수로왕 신화를 소재로 연작시를 써보리라 마음먹은 것이 그것이다. 따라서 이에 대한 자료수집과 전체 내용 구성, 미리 써두었던 작품들을 재구성하고 탐색하는 것에 적지 않은 시간을 소요했다.

그러던 와중에 문득, 오래전에 출간했던 내 시집들에 대한 궁금증과 의문이 제기되었다. 일종의 자기점검이랄까, 반성적 확인 과정이 바로 그것이다. 스스로도 이전 시집들에 대한 기억이 가물가물한 것이 사실이다. 비록 세 권의 시집에 불과했지만, 첫 시집(1995), 두 번째 시집(2001), 세 번째 시집(2013)의 출간 시기는 상당한 간격을 두고 있다. 이른바 90년대와 새천년 초입, 그리고 이후 십 년을 훌쩍 뛰어넘은 거리가 된다. 시집과 시집 사이의 시간적 거리는 전적으로 나 자신의 불성실한 시작 태도에 있을 것이고, 그로 인한 초라한 결과물임에 다름 아닐 것이다.

이러한 배경을 깊이 체감하면서 우선 세 권의 시집을 마치 처음 보듯 생경하게, 또 성실하게 읽어보기로 했다. 지나간 발자취들이 하나씩 고개를 들면서 가슴 속으로 파고들었다. 시를 향해 맹목으로 달려가던 뜨거운 열정의 시간들, 절망과 슬픔의 숱한 밤들이 강물처럼 밀려들었다. 먼지처럼 묻혀있거나 잠들어 있는 시의 숨결, 타는 듯한 갈증과 늘 바람에 부대끼던 위태로운 정신의 방황도 어제인 듯 선명하게 각인된다. 수혈하듯 다시 그 고통의 시간들을 일깨워보리라. 그 시간들 속에 새로운 고통의 씨앗들을 싹틔워보리라. 시선집의 출간은 이처럼 어느 날 열병처럼 뛰어든 마음의 소용돌이라고 할 수 있다. 불현듯 정신을 파고드는 간절함, 잃어버렸던 무엇인가를 되찾았을 때의 떨리는 기쁨, 뒤이어 따라오는 무거운 책임감 등이 그것이다.

이번 시선집은 앞으로 나아가려는 발길을 잠시 묶어둔 채, 뒤로 돌아가 지난 발자취들을 돌아보고 잃어버렸던 나를 찾고 반성한다는 의미를 두고 있다. 이른바 초심으로 돌아가 겸허하게 시 앞에 서고, 또한 잊고 있었던 혹은 퇴색되어가는 낯설고 울퉁불퉁한 길들을, 쉽게 만족해가는 메마른 내 일상의 정수리에 옮겨놓고자 하는 것이다. 앞으로만 나아가려고 했지 지난 걸음에 대한 차분한 검토와 성찰이 부족했던 것이 사실이다. 따라서 빈 마음으로 걸어온 발자취를 천천히 따라 가보기로 한다. 그리고 그 걸음들 위에서 생동하는 언어, 새로운 시 세계의 모색이라는 다소 비장한 열망을 품어본다. 그리하여 어설프고 부끄러운 내 '흔적'이 그 민낯을 드러내게 되었다.

2.

선집을 묶으면서 새삼 느낀 것은 내 작품 속에 '섬'이 많이 등장한다는 사실이다. '섬' 이미지는 '섬'이라는 구체적 언어를 통해 표상되는 경우와, 다른 이미지를 통해 상징화되어 나타나는 경우 등이 있다. 연작시「섬을 다시 꿈꾸기」(『그늘이 깊어야 향기도 그윽하다』), 「무인도」(『영웅을 기다리며』) 등의 시편들이 전자에 해당한다면, 「불의 환 2」, 「패랭이꽃 」, 「이브를 위하여」(『새들은 길을 버리고』) 등의 시편들이 그 후자에 속할 것이다. '섬'은 시적 화자가 닿고자 하는 지향세계 혹은 가치추구의 공간 이미지에 닿아있다. 따라서 꿈의 한 영역을 표방하기도 하고 지난한 문학적 여정을 형상화하고 있다고도 할 수 있다.

떠나야겠네. 이제
물길 험한 다리목을 지나
날 기다려 겨울 속 오래 흰옷 펄럭이는 바다
아직 깎이지 않은 먼 풀잎섬을 찾아
-「섬을 다시 꿈꾸기 1」 부분

내 섬을 꿈꾸는 건

내 안에 그 여자가 살아있기 때문이다
그 여자가 품고 있던 새
작은 새 한 마리 놓아기르기 위해서이다
-「섬을 다시 꿈꾸기 5」 부분

그 퍼런 불면의 다리 위로 눈가루 뿌리며
가려네 아직 처녀인 바다
키만 한 섬 하나 찾으러
-「허사비노래 1」 부분

첫 시집 『그늘이 깊어야 향기도 그윽하다』에 형상화되어 있는 '섬' 이미지는 '떠남'에 그 토대를 두고 있다. "떠나야겠네, 이제", "내 섬을 꿈꾸는 건", "가려네 아직 처녀인 바다" 등에서 그러한 행위적 배경을 읽을 수 있다. '떠남'은 이곳이 아닌 저곳 즉, 새로운 세계를 찾아간다는 의미를 내포하고 있다. 이는 현실충족의 공간이 아니라, 현실 속에서는 충족되기 어려운 그 '무엇'을 함유하고 있는 공간 이미지로 상징화된다. 이른바 정신적 공백을 충족시켜줄 수 있는 공간 이미지의 울림을 담고 있다고 해야 할 것이다. 따라서 단순한 공간 이동이 아니라 '섬'이라는 특정 공간에 대한 각별한 지향성을 생성하고 있다.

하지만 이러한 "떠남"에는 처음부터 크나큰 장벽과 시련의 시간이 전제되어 있다. 이른바 '떠남'을 저해하는 현실적 제약과, 닿고자 하는 세계에의 요원한 고지가 동시에 표상되어 있는 것이다. 이는 몸담고 있는 세계에 대한 극복할 수 없는 혐오를 내장하면서 그 반대편에서의 순수세계에 대한 간절한 열망을 담고 있다. 시적 화자가 집요하게 '떠남'을 주도하고, 절망하고, 다시 떠나기를 열망하는 것은 '나'를 둘러싸고 있는 속박의 집요한 손길 때문이다.

'동그라미'(「섬을 다시 꿈꾸기 5」)로 상징화되는 속박의 세계는 억압과 제어와 회유의 형식을 취하고 있다. 따라서 화자로 하여금 갈증과 위기의식을 느끼게 하면서 이곳이 아닌 저곳을 떠돌게 한다. 화자가 "작은 새 한 마리 놓아기르기 위해" 목말라하는 것도 여기에서 비롯된다. '떠남'에는 '자유'에 대한 강렬한 욕구가 암시되어 있다. "가버려/넌 이제 자유야"(「섬을 다시 꿈꾸기 2」)에서의 '자유'도 이러한 배경과 연계성을 가진다. 화자가 지향하고 있는 '섬'은 "아직 깎이지 않은 먼 풀잎섬", "아직 처녀인 바다" 등에서 알 수 있듯이 미개척지의 낯설고도 신선한 생명력의 숨결을 담고 있다. 이는 자유와 사랑, 창의적 가차추구의 활달한 에너지가 발산되는 공간 이미지로 각인된다.

1990년대 첫 시집의 시기는 이처럼 '떠남'에 대한 열망, 떠나지 못함의 갈등구도가 시적 긴장을 이끌어가는 중심골격으로 집약되어 있다. 따라서 갈등상황에 대한 비극적인 인식, 허무적 심연, 다시 내면의 불씨를 일깨우려는 치열한 자의식의 세계가 형상화되어 있다고 할 수 있다.

새벽 골목길 미친년 하나 지나갑니다
간밤 강간당한 알몸이 시려
맨가슴 밟고 간 그 사내가 그리워
울먹이며, 울먹이며 별길을 갑니다
전생 푸른 빚 다 못 씻어

탯줄에 아이 심어줄 삼신할미도 없는
동냥 돈 별 꿈을 사는
그리운 미친년 지나갑니다
-「불의 환 2」 부분

오늘도 바람인 여자를 보아라
전생 어느 길목에선가
함께 울었을
눈물인 여자를 보아라
-「패랭이꽃 1」 부분

나는 죄 짓고 싶은 여자
꿈속에서도 사과를 훔친다
갯버들 봄잠에 빠지듯
똬리를 트는 죄
-「이브를 위하여」 부분

두 번째 시집 『새들은 길을 버리고』에는 '여자' 이미지가 특징적으로 등장하면서 의미적 배경을 이끌고 있다. "나는 한 올 풀잎"(「불의 환 1」), "그리운 미친년"(「불의 환 2」), "오늘도 바람인 여자"(「패랭이꽃 1」), "꼭 하나만의 여자"(「불의 환 4」), "물풀 깊은 속살 모래 한 알의 슬픔으로/몇 줄 시로 남은 여자"(「순례자의 가을」), "삭정이 불에 가슴 데어 눈물이 흰/등이 아름다운 여자"(「다시 그리운 4월」) 등에서 보여 지듯이 '여자'가 시적 정서의 중심에 놓여있다. '여자'는 스스로의 존재를 직접적으로 드러내면서 내면의 이야기를 토로하는가 하면, 행간에 숨어서 은밀하게 목소리를 흘려놓기도 한다. '풀잎', '웅녀', '단풍', '갈대', '분재', '제비꽃', '패랭이꽃', '낮달', '목련', '파꽃' 등의 이미지들은 '여자'의 상징화된 이미지들이라고 할 수 있다. 이러한 이미지들은 '여자'의 그림자를 깊이 투영시키면서 대상을 그리워하고, 기다리고, 외로워하고, 세상과 나의 간극을 체감하게 한다.

'여자'는 지독한 슬픔을 안고 있다. 그 슬픔을 풀어낼 길이 없어서 스스로 '섬'이 되어 펄럭이고 있다. '섬'은 견고한 고립의 공간 이미지를 고수하면서 세상과의 거리를 생성하고 있다. '여자'가 바라보는 혹은 속해 있는 세계는 '사막'(「유배지에서」) 이미지로 드러난다. '섬'과 '사막'은 '여자'의 내면의식의 황량한 색채를 보여준다. 이는 '여자'의 현실인식과 공간인식의 선명한 척도를 보여주는 것으로 지극한 소외와 고립을 동반하게 된다. "전생 푸른 빛 다 못 씻어"(「불의 환 2」)에서의 '불'의 고통과, "오늘도 바람인 여자를 보아라"에서의 '바람'의 시련이 이러한 배경을 뒷받침한다. 그래서 '여자'는 "아무도 몰래 내가 아프다"(「아무도 몰래 내가 아픈 날」)라고 털어놓는다.

그럼에도 짐짓, "나무가 빈 가지로 오래 겨울을 견디는 것은/봄을 기다리는 것만은 아니다"(「근황 1」)라고 스스로의 위치를 정립해두고자 한다. '근황'은 자기존재 확인과 상승의 승화를 의도하는 과정이다. 이른바 세상과의 일정 거리를 정해두고 자아를 성찰하고 어둠을 극복해가고자 하는 내적 자의식의 한 측면이 될 것이다. '여자'의 '근황'은 별반 달라진 것이 없다. 그럼에도 '여자'는 '빈가지'의 상황이 "봄을 기다리는 것만"이 아니라 또 다른 가능성을 열고 있음을 언급한다. "우주로 가는 길", "하늘과 바람과 구름의 소리"를 들여놓고자 하는 정신의 울림도 여기에서 발현된다. 그리고 내 안에 갇혀있던 '나'를 버리고 "나는 죄 짓고 싶은 여자"(「이브를 위하여」)라고 당당하게 세계 앞에 자기존재를 드러내고자 한다.

두 번째 시집의 시기로 볼 수 있는 1990년대 후반부터 새천년 초입까지는 오랜 침잠의 시간이라고 할 수 있다. 더 깊은 '어둠' 속에 앉아 스스로 '섬'이 되어버린, 고립과 소외, 울음과 침묵의 시간이었다. 따라서 시적으로는 나와 세계에 대한 탐색의 시선이 보다 집요하게 응집되는 시기였다고 할 수 있다.

①
그 여자를 흐르는 빛이
무인도를 닮아있는 것은
태생의 전설 낯설기 때문이다
여자는 맘껏 바다를 이고 살지만
태양을 품은 죄로 고립의
성에서 벗어날 수 없다

그러나 때로 섬이 날개를 단다는
소문이 떠돌기도 한다
-「그 여자를 흐르는 빛」 부분

②
내 안의 슬픔으로 늘 그리운 그는
어느 날엔가 소리 없이 번쩍 날아와

내 정신의 공백 채워줄까
세상이 시시하고 쓸쓸한 날엔
영웅이 그립다
-「영웅을 기다리며」 부분

③
내게도 사랑이 있을까?
있다면 그도 나처럼 영혼이 무거워
오는 시간이 걸릴 게다
파도 철썩 바람 부서지는 밤이면
달빛 속에 천천히 날개 일으켜본다

나는 이제 누군가를 기다리기도 하고
기다리지 않기도 한다
-「무인도 1」 부분

세 번째 시집 『영웅을 기다리며』에 나타난 '섬' 이미지는 '기다림'과 연결되어 있다. '섬'은 이제 구체적 자기존재를 찾아가기 위해 어떤 대상과의 만남을 열망한다. 따라서 '여자'는 스스로 "무인도를 닮아있"(①)음을, 그리고 "고립의 성"에 갇혀있음을 말해둔다. "태양을 품은 죄로 고립의/성에서 벗어날 수 없다"에서 '태양'은 '여자'가 그리워하는 기다림의 대상이면서, 또한 '고립'을 유도하는 주체가 된다. 따라서 여기에는 처음부터 이중구조의 모순성이 동반되어 있다. '태양'은 커다란 빛을 던져주는 생명성의 주체이면서 한편으로 일상적 삶의 형식을 거부하는 영역을 지니고 있다. 결국 '여자'는 누군가의 도움에 의해서가 아니라, 스스로 '고립의 성'에서 벗어날 수밖에 없는 숙명적 과제를 지고 있다. "그러나 때로 섬이 날개를 단다는/소문이 떠돌기도 한다"는 자기상승의 염원을 암시하고 있다. 이는 "고립의 성"에 유폐되어 있던 '여자'가 스스로 상승의 자기변화를 유도하면서 새로운 가능성에 대한 은밀한 목소리를 열어두고 있는 것이다.

"내 안의 슬픔으로 늘 그리운 그"(②)는 영웅 이미지를 담고 있으면서, 한편으로 "내 정신의 공백"을 채워줄 수 있는 대상으로 떠오른다. 이러한 대상은 '여자' 혹은 '나'의 존재를 투명하게 인식하고 구원의 손길을 내밀어줄 수 있는 '영웅'으로 각인된다. 하지만 "내게도 사랑이 있을까?"라는 의문과 함께 "그도 나처럼 영혼이 무거워/오는 시간이 걸릴"(③) 것이라는 결론에 이르고 만다. 자아와 세계 사이에는 여전히 극복할 수 없는 단절의식이 개입하고 있다. 따라서 '기다림'은 '만남'이라는 완성의 과정으로 나아가지 못하고 미완의 상태에 머물게 된다. 결국 "나는 이제 누군가를 기다리기도 하고/기다리지 않기도 한다"라는 극단의 슬픔, 자기 체념의 정서 속으로 빠져들게 된다.

그럼에도 불구하고 세 번째 시집에서 체득되는 '섬' 이미지는 '사막'에 침잠해 있는 것이 아니라 사막을 건너고 있다는 느낌이 들기도 한다. "내 몸에 돋아난 날카로운/슬픔의 손들을 보라/눈물이 없었다면 아마 나는/이 사막을 건너지 못했을 것이다"(「선인장」)에서 그러한 배경이 어느 정도 감지되기 때문이다. '눈물'은 "섬이 날개를 달"고 '사막'의 유배지를 건너는 중요한 매개물이 되고 있다. 이른바 '눈물'은 고통의 결정체이면서 그 고통을 뛰어넘는 강렬한 에너지가 되고 있는 것이다.

'섬' 이미지는 현실과의 화해를 거부하고 끊임없이 갈등과 고통을 수반하면서 떠남, 침잠, 기다림의 의미구도를 생성하고 있다. 대상없는 대상에 대한 그리움, 대상의 형체를 만들기 위해 떠도는 수많은 불면의 밤들, 다시 무위無爲로 돌아가는 고통스러운 갈증의 시간들이 '섬' 이미지 속에 포섭되어 있다. '섬'을 찾아가는 과정은 곧 내 시작詩作의 발자취와 긴밀히 맞물리면서 숨 가쁜 생명력의 동력이 되고 있다. 시선집의 전체 구도 속에서 보면, '섬' 이미지는 시의 의미구도를 생성하는 일부분의 정서적 통로에 불과할 것이다. 따라서 여기서는 잠깐 스치듯 그 언저리를 맴돌다 간다.

3.

시선집을 내기로 마음먹으면서 되도록 간소하게 엮기로 했다. 그래서 흔히 시집이나 선집의 뒤에 붙이는 해설도 생략하고 대신 '후기'를 통해 몇 마디 언급해보리라 생각했다. 그러다가 어느 순간 처음으로 내는 시선집이니만큼 작게나마 객관적 평가를 받아보는 것이 어떨까 고심했다. 그런 마음의 갈등을 불식시키기 위해 해설을 첨부하는 쪽으로 일을 진척시켜보고자 했다. 하지만 이 또한 이런저런 사정으로 여의치 않았다. 결국, 처음의 생각대로 소박하게나마 '후기'의 형식으로 마무리를 하게 되었다. 이 책은, 2019년에 시작을 해서 2020년 1월에 인쇄되어 나온다 하니, 햇수로는 2년이 걸리는 셈이다. 두서없이 글이 길어졌다.

2019년 겨울

김성조